汪庆词稿

汪庆 著

九州出版社
JIUZHOUPRESS

图书在版编目（CIP）数据

汪庆词稿 / 汪庆著 . -- 北京 ：九州出版社，
2021.10（2024.2 重印）
ISBN 978-7-5225-0525-1

Ⅰ．①汪… Ⅱ．①汪… Ⅲ．①词（文学）－作品集－
中国－当代 Ⅳ．① I227.8

中国版本图书馆 CIP 数据核字（2021）第 191698 号

汪庆词稿

作　者	汪　庆　著	
责任编辑	刘　嘉	
出版发行	九州出版社	
地　址	北京市西城区阜外大街甲 35 号（100037）	
发行电话	（010）68992190/3/5/6	
网　址	www.jiuzhoupress.com	
印　刷	三河市嵩川印刷有限公司	
开　本	880 毫米 ×1230 毫米　32 开	
印　张	8.75	
字　数	129 千字	
版　次	2021 年 10 月第 1 版	
印　次	2024 年 2 月第 2 次印刷	
书　号	ISBN 978-7-5225-0525-1	
定　价	52.00 元	

目录

汪庆词稿

渝庆词稿

汪庆词稿

渝庆词稿

沁园春·长江

　　白浪滔滔，一泻汪洋，浩浩汤汤。看倚天峰峦，夹岸相望。生机盎然，逶迤潇湘。江流蜿转，月满风樯。浪骇涛惊如脱缰。抨滟滪，激石飞浊浪，巫山惶惶。

　　南疆大地苍茫，仰赖曲流斯土炽昌。看桃红李白，燕飞莺翔，大地飞歌，龙首高昂。风清日朗，中华母亲纳千祥。遍寰宇，论江河之利，惟我长江。

　　附记：

　　金沙江和岷江在余所居之城——宜宾汇流后始称"长江"，地理概念上的长江是从宜宾开始的。余之老家即处长江边，江水傍村而过，浩浩汤汤，碧流千里。世人称颂之"母亲河"，于吾而言感受更是深切。

青玉案

　　春风夜入江南岸，花一半，叶一半。斜风拂柳柳丝乱。鸳鸯绣幔，花径小院，看花人不倦。

　　插花鬟边人腼腆，面似桃花花似面，玉骨霜肤脂红染。红杏枝头，海棠树边，剪剪双飞燕。

阮郎归

寒潮复至清露霜，桃蕾花未放。山径徐行趁春光，放眼旧山梁。

柳芽白，草鹅黄，梨花酬句芒①。东风本是旧相识，撩我新衣裳。

注：
①句芒是春天之神。

卜算子

　　云是流星客，蝉是长住户。试问海棠因何苦，东风把我误。

　　催我花开早，许我枝上露。而今西风吹我急，尔却不知处。

附记：

　　余所居之处有一小花园，手植数株秋海棠，常年开着红色的花朵。然秋雨过后，枝头日渐零落，已呈萎靡之态。有感于海棠之际遇，戏作以责薄情之辈耳。

浣溪沙

    一声莺啼杨柳青，蝶入花丛飞落英。可怜东风吹不停。

    细听春雨悄无声，婉转黄鹂深树鸣。又见蓬头立蜻蜓。

附记：

    四月初散步至小区之莲塘处，风细雨微，听得林间鸟鸣，甚为惬意；又见蜻蜓款款，于莲叶间飞飞停停，乃走笔记下此番景致。

菩萨蛮·乡村春月

风细柳斜三月天，布谷声声催下田。水绕泥墙屋，烟笼溪岸竹。

鸡鸣霜晨月，犬吠长篱缺。农人驱老牛，口哨鸣悠悠。

附记：

此乃余少时之乡村画面。邻家二伯，善耕作。入春驱牛下田翻泥，满山坳均回响彼之口哨声，悠扬婉转。每每忆起，宛若昨天。

菊花新

　　空山新雨霜林媚，梧桐叶落西风吹。落日暮云
坠。枫叶下，鹧鸪声醉。

　　正是风暖人欲寐，却闻庭中落丹桂。飞鸿作人
字，长天唳，惆怅滋味。

菩萨蛮

　　梧桐叶落菊花残，轻露沾衣觉微寒。中秋明月夜，闲坐倚峣榭。

　　低头清光莹，极目暮山青。四野空寂寂，中天月熠熠。

附记：

　　中秋夜独坐于阳台上望月，抬头见七星山在朦胧月影里依然一片青黛。夜风吹拂，有丝丝凉意。一人独处，有月光作陪，也不觉得孤独。

南歌子·竹海花溪

朝雾凝玉露，晨岚入云中。翠微叠嶂正葱茏，蓓蕾紧锁花梦，醉春风。

桃花初绽蕊，清露染脂红。万竿摇曳轻雾朦，新篁挺身兀立，望苍穹。

附记：

吾乡蜀南竹海之花溪，有个很有诗意的名字"花溪十三桥"。乡人于溪畔种了桃树，每至春来，桃花盛开，景致万千。余曾在竹海作息四年，一直甚喜此地。

四和香·大妙①荷花

一顷田田翻绿浪，风过留荷香。蜻蜓款款入莲塘，花间消遣时光。

新荷出水花未放，粉衣罩红装。恰似佳人初醒，梨花带雨相望。

注：

①大妙，指大妙镇，是江安县南部一乡镇，多荷花，每年皆举办荷花节，盛况空前。

鹧鸪天·佛来①花开

佛来花开花满天,梨花如雪涌山川。枝头且与东风舞,飘落人间伴霞烟。

风袅袅,花团团,行人争向花间看。好风吹落梨花雨,飞过一山又一山。

注:

①佛来,指佛来山,为长宁县境内的 AAAA 级旅游区和佛教名山。山上的西明禅寺庙宇群始建于唐代,明朝洪武年间重新修建,清朝达到鼎盛,有僧侣数以百计。

摊破浣溪沙·五尺道^①上

　　古道蜿转隐蓬蒿，道上空留马蹄槽。蜀守开疆通边陲，路迢迢。

　　关隘重重风萧萧，峭壁巉岩走猿猱。牵马儿郎声声唱，思乡谣。

　　注：

　　①五尺道是战国时代修筑的一条连接中原、四川与云南的通道。始于宜宾，终于曲靖。秦国蜀郡太守李冰采用积薪烧岩的原始办法开山凿石，开通了此条道路。因路宽五尺，史称"五尺道"。

木兰花慢

　　西天云匆匆，此番景，秋意浓。看老圃残园，黄叶纷纷，蓑草丛丛。问蓐收^①，来何急，但见刹那秋风吹梧桐。

　　把红笺白纸，涂满秋思，幽怨几重，谁识愁容？不忍看，且归去。只见一缕飘絮入帘栊。抬眼黄花消瘦，哪堪秋雨秋风。

注：
①蓐收为秋天之神。

锦堂春·秋景

　　飘絮斜风紫燕，帘卷西风花残。秋水长天云悠悠，水清大江寒。

　　西山红叶翻卷，江头烟笼乱山。斜阳款款云归来，深院响清弦。

附记：

　　与友于江边饮茶，夕阳西下之时已觉几分凉意，忽又听得旁院有人弄筝，顿觉有些诗情画意，于是忙记下此番意境。

骤雨打新荷

　　长天夕照，千里紫气氲。西山风微，红叶初新，簇簇西天云。归鸟深林弄语，草底蚕鸣竞相闻。风乍起，乱手摇莽榛，黄叶纷纷。

　　人生百年几人，看潮起潮落，楼起楼焚。搔首弄姿，何如煞费神。不如就此时分，看残霞，远绝风尘。惜微身，莫羡高楼朱门，乐道安贫。

玉树后庭花·南屏[1]

　　风绕树梢枝叶荣，锦绣南屏。瀑飞峭壁巉岩，势作大江撑。

　　峰头遥看暮归莺，眼底江城，卧波长虹江清，高楼万家灯。

锦堂春

　　白浪横波惊涛，车驰人挤江桥。两岸青山最妖娆，薄云缠树梢。

　　雕栏彩幡飘飘，江畔垂柳夭夭。翠屏烟轻入云霄，隔岸听江潮。

　　附记：

　　余所居城市被称为"万里长江第一城"，"三江六岸"是市民引以为豪的景致，山长绿水长清，生态良好。不唯有"宜宾"之名，也实为"宜居"之地也。

渝庆词稿

长相思·忘忧谷①

　　鸟鸣涧，空谷幽，峭壁珠帘如飘绸，天凉好个秋。

　　蝉声远，云悠悠，汩汩清泉枕石流，洗尽百般愁。

注：

①忘忧谷位于蜀南竹海，曲径通幽，翡翠般的竹林遮天蔽日，整个山谷显得十分幽深。忘忧谷谷门用楠竹建成，楹联曰："万竿翠竹扫去滚滚红尘；一溪清流奏出淳淳韶音"。

汪庆词稿

苏幕遮·蜀南竹海观海楼①

竹竿挺，枝弄影，暮春时节，千山入明镜。望断云山花未醒。探身小径，又把新笋赠。

东风柔，花露莹，朝云又红，刹那风烟静。竹涛如海连云霭，云腾翠岭，鸟语留人听。

注：

①观海楼是蜀南竹海一个景点，楼为六边形，共八层，高25米，是观赏翠色竹海绝佳之地。同时，还有森林防火、通信、电视转播等多种用途。登楼远眺，山山岭岭，浩瀚广阔的翠竹如万顷碧涛，千里烟波，使人胸襟顿开，心旷神怡。临空俯瞰，远山近丘，若隐若现，尽在虚无缥缈中，可谓"人间仙景"。

虞美人·七星山①桃花节

桃红柳绿春意浓，山隐白云中。一畦碧水映花红，阳雀声里花月正春风。

枝头蝶舞行匆匆，争作采花童。本欲留诗记行踪，未谙提笔重写枉费功。

注：

①七星山，距吾在宜宾居所仅数百米之遥，推窗即见。每至春来，桃林花发，漫天红云。当地于此举办桃花节，游人蜂拥，络绎不绝。

菩萨蛮

一入翠屏①幽林静，道观庄严香火盛。稽首问道姑，仙师何所居？

就在此山后，闭关绝尘垢，欲学张道陵，得道入璇庭。

注：

①翠屏指翠屏山，位于四川省宜宾市城区西北，是集名胜古迹与森林风光为一体的著名城市森林公园，因山势巍峨、树木苍翠、屏峙江岸而得名。有唐代石刻千佛岩。"翠屏晚钟"是宜宾八景之一。原有古迹翠屏书院，现辟为抗日民族女英雄赵一曼的纪念馆。

丑奴儿

　　明月不知人已寐，又上高楼，又上高楼。风急天高几人愁。

　　梦里天涯鹦鹉洲，几点沙鸥，几点沙鸥，径向烟波浪里游。

踏莎行·天池公园^①

　　青茸绵绵，柳丝翩翩，春来湖畔好休闲。莺啼百啭桃花舞，鱼戏红莲水生烟。

　　笑靥如花，莲步姗姗，春和景明争相看。丽人衣纱傍花枝，清风吹蝶逐花间。

注:

　　①天池公园位于宜宾市区西郊，"天池晚棹"是宜宾古八景之一。天然池沼，遍植荷花，风景秀雅。历代皆有诗词赞之。唐剑南西川节度使韦皋有诗曰："舟浮十里芰荷香，歌发一声山水绿。"

醉桃源

　　溪头闲坐风微微，画境柳絮飞。荒田几只鹭鸶饥，水清鲫鱼肥。

　　柳枝垂，染霞晖，云影笼翠微。起身欲去还流连，紫燕送人归。

附记：

　　秋日至江安县之蟠龙镇，偕内人于绵溪河畔观望风景。但见溪水萦带，白鹭飞翔，茅屋瓦舍掩映在落日余晖里，令人心旷神怡。

汪庆词稿

临江仙

　　梦里乡关何葳蕤，花繁压枝低。恼恨早鸦惊梦起。家山远矣，梦境犹依稀。

　　年年春风入梦里，几度旧山东篱。花径未扫英成泥。声声杜宇，唤我早归去。

菩萨蛮

　　早风吹醒莺娇娇，家山昨夜涨春潮。溪泛桃花水，杏挑一枝蕾。

　　额手望青山，青山归路难。老屋应无恙，庭前春草长。

醉花阴

　　节后秋雨静悄悄，老树残枝槁。疏篱香瓜小，蔓枯阶前，人愁黄花老。

　　梦里家山渺，残红人不扫。风卷梧桐霜染草。遥思故园，红叶知多少。

菊花新

　　云满天幕东山雾，鹧鸪声声啼不住。沥沥春雨密，道泥泞，水漫归途。

　　当年还家曾寻路，雾满大江锁归渡。延跂相北望，旧家山，白云深处。

附记：

　　吾于江安县城谋生时，江上尚未建桥，回老家必借助轮船渡到江北，然若遇大雾或洪水，轮船就告停渡。每当此时，只能望江而叹，伫立岸边，踌躇遥望，惆怅感伤，悻悻而归。

满江红·南海风云

　　万里海疆，三沙境，又生枭獍。有强盗，牙爪狰狰，黄粱未醒。蟹行蚁聚逞威武，鼠视狼顾欲妄行。泱泱大国岂容欺凌，徒费劲。

　　东风立，枭龙骋。吹沙船，荡南溟。铁拳扫不靖，海定波宁。神州十万横磨剑①，尚在鞘中作痛警。堂堂中华吐沫成钉，莫侥幸。

注：

　　①横磨剑，比喻精锐善战之士卒。语出《晋书·景延广传》："告戎王曰……晋朝有十万口横磨剑，翁若要战则早来。"

029

临江仙·元宵节

　　元宵来时几分春，火树银花宜宾。高天明月映金岷。花前彩灯红，水底彩云纷。

　　红男绿女约黄昏，郊外坝上采新。情歌声声月梭巡，霓虹映高楼，春潮卷江滨。

谒金门

风袅袅，白云蓝天空渺。家山春去青杏小，叶底莺声嘹。

梦里落花谁扫，山头夏麦黄了。披衣起看上弦月，窗外静悄悄。

摊破浣溪沙·夹镜楼

潮起清江春水流，月满江流映山秋，翘翅飞檐临江渚，夹镜楼。

盛唐遗踪史迹留，风侵雨蚀湮沙洲，而今重屹写春秋，大江头。

附记：

2019年5月，宜宾市规划局邀请市决策咨询委员会几位同事座谈，以完善宜宾历史文化名城规划，余当时建议宜宾应重修东楼与夹镜楼，以留存历史之遗迹，彰显宜宾历史文化名城之深厚底蕴。2020年，始重修二楼，甚为欢欣。

据传夹镜楼始建于唐，数度废圮。登楼可凭栏观赏双江映月胜景。金沙江奔流而下，岷江水缓缓而来，至宜宾汇成长江，形成长江口。皓月当空，明月倒映在双江汇合之夹缝中，形若夹镜，因古人谓月曰镜，故楼称夹镜楼。"双江映月"乃宜宾八景之一。

水调歌头·蜀南竹海①

竹海春来早，翠霭鼓东风，修竹万竿潮涌，叠嶂更葱茏。天光云影相伴，绿云浸染长空，云涛接苍穹。风随碧波起，枝映夕阳红。

花溪桥，忘忧谷，仙寓洞，风光异趣不同。妙境赖天工。山谷轻雾似烟，峰头白云如龙，绿透万千重。望断云山景，俱在画图中。

注：

①蜀南竹海为国家 AAAA 级旅游区、国家级风景名胜区、中国最美十大森林之一，位于宜宾市长宁县境内，面积120平方公里，是世界上集中面积最大的天然竹林景区，是世界罕见、中国唯一的集竹景、山水、湖泊、瀑布于一体，兼有历史悠久的人文景观的竹文化、竹生态休闲度假旅游目的地。

竹海七古

　　山间青雾峰头云，画眉唤醒一山春。山涌碧浪枝扫月，峡底琴蛙鸣琮琤。我来已是四月天，瀑飞危岩水生烟。漫山新笋破土出，搽龙亭亭看不足。忘忧谷里鸣淙淙，观云亭上雾浓浓。百龟俯首争相纵，古刹老僧叩晨钟。花溪十三桥头春花舞，涓江百里清流水朝东。翡翠长廊红砂径，天宝古寨关隘雄。烟笼三合界，瀑飞七彩虹。落魂台下青螺小，照影潭中落英红。鸡鸣穹顶，鹤舞芳林，燕呢高檐，犬眠花荫。修篁绕村舍，闲花倚墙裙。爱煞云山万千景，竹杖芒鞋但徐行。胸中块垒随风去，万千愁思没流云。客问缘何名不著，当初未逢徐弘祖。而今名满天下知，世人蜂拥争相睹。感念上苍赐翠玉，青帝长留不忍去。犹念天帝私蜀南，独将瑰宝遗此间。我今且用七古韵，尽数珠玉奉君前，盼君他日临此景，淡月清风远尘寰。对此风光人易醉，君若近之莫流连。

生查子·题燎原兄①油画 《立冬无寒意》

川南无冬寒，翠霭连峰峦。风过苍树绿，水映野花残。

道旁生蓑草，山野有人烟。天际山隐隐，锁在白云间。

注：

①葛燎原，男，四川江安人，四川省美术家协会理事，宜宾市美术家协会名誉主席，宜宾市文联名誉主席，宜宾学院美术与艺术设计学院客座教授。多次参加省、市美展并举办个人画展，作品在《中国画家报》《中华文化画报》《中国书画报》等刊物发表，并四度入选中国邮政明信片。

巫山一段云·夕佳山古民居^①

静静池中水，疏疏枝上秋。古木残霞归鹭晚，
独舞树梢头。

云落苍山远，林幽鸟自啾。庭院深深风满楼，
深闺女儿愁。

注：

①夕佳山古民居位于宜宾市江安县夕佳山镇。始建
于明万历年间，至清末形成宏大的庄园式住宅。有房舍
108间。院落相连，建筑精美。其后山广植桢楠，每年春
天，鹭鸟在此筑巢繁衍。日落时分，白鹭归巢，霞光掩
映，景致万千。

相见欢·春日

流水淙淙清冽，蛙声里，犹闻布谷声声催人急。

雏燕飞，风斜斜，花前歇。但见翩翩彩翅双飞蝶。

菩萨蛮

　　瑟瑟西风独登楼，万里江山一天秋。世间独行客，溪上舴艋舟。

　　愁生秋雾起，眸投暮山胯。一曲《菩萨蛮》，吟得泪阑干。

清平乐·谷雨听雨

谷雨听雨，细雨悄无言。都说谷雨润丰年，雨来迎之何欢。

最喜稻禾熙熙，绿波四野绵延。待到秋来时节，闲倚仓廪而眠。

子夜歌·冠英街①随想

粉墙黛瓦雕花梁，画栋飞檐烽火墙。闲敲小窗隔帘望，秋水孤帆两茫茫。

月明如水竹摇窗，花月未闲风留香。江南烟雨清江水，一色浮光月遑遑。

银河渺渺影迷茫，华灯灼灼照地光。城乌啼月清露响，烟笼客舍花倚廊。

寒意起，风正凉，幽咽箫声断续扬。江心水月随波起，残花夜落西厢房。

注：

①冠英街位于宜宾市城区。始建于清代，建成于民国。因其依三江之地势，集山水秀丽之神韵，为当时官绅商贾置地造房之"风水宝地"。街巷迂曲，40余座砖木四合院坐落两侧，布局各异，各具特色，为川南古街民宅之代表作，是四川省历史文化街区。

卜算子·咏柳

　　日暖风清清，苍山白云横。池上杨柳翠盈盈，
婆娑扬绿缨。

　　风梳柳丝长，雨润叶愈青。雾去日出天朗朗，
枝头鸣黄莺。

采桑子

　　鹅黄草色满山川，春风漫然，春水盘桓，又是莺飞草长天。

　　陌上杨柳芽初绽，春雨绵绵，春花娇妍，缱绻东风戏纸鸢。

摊破浣溪沙

　　燕子来时风正暖，夜雨浇园浴红颜。佳人小立桃花前，花如面。

　　山头杜鹃声声唤，野田蛙噪乱拨弦。好风吹起杏花雨，洒阶前。

长相思·题燎原兄油画
《远眺少娥湖》①

　　天青青，树彭彭，渺渺青波映明晴。神笔绘峻嶒。

　　山苍苍，水凌凌，妙景如诗入画屏。故乡山水情。

注：

①少娥湖，位于宜宾市叙州区柏溪镇解放村，占地面积1000余亩，是一个景色优美的生态旅游区。

秋水·兴文①道中

兴文山高路不难，车行疾，山花嫣。夹道峰峦翠，云遮雾缠。苍岩瘦，翠翠红红连天。正是岩下苞米黄，山野人烟，犬吠篱笆鸡声远。

山寨芦笙悠扬，幽幽咽咽，悱恻缠绵。咪猜②新裙袄，银饰盈鬟。恰如是，雨后梨花枝前。一声苗歌响山峦，声彻云端，更见绿水青山白云闲。

注：

①兴文县位于宜宾市境东南，是古僰人繁衍生息和最终消亡之地，是四川省苗族人口最多的县。为川南早期革命的主要发源地，红军北上抗日的途经地，川滇黔边区红军游击纵队的主要策源地和转战地。民族文化、红色文化、地方文化风情浓郁，曾留下杨升庵题咏和朱德赋诗。有国家重点风景名胜区、世界地质公园、国家AAAA级旅游景区"兴文石海"。

②咪猜，苗语，姑娘之意。

浪淘沙·苗家三月三^①

芦笙吹云起，春满苗山。朝雨浸湿山花颜，春潮夜绿草色斑。苗家春闲。

新装配银饰，衣裙斑斓，再绾青丝擦银冠，弹指已是三月天。又立花竿。

注：

①苗家三月三又称"挑葱节"，是从苗族古老的男女青年恋爱节日演化而来。每到三月三这天，男男女女以挖野葱为名汇集在山坡上谈情说爱，边挖野葱边唱苗歌，习俗一直延续至今。

武陵春

　　春风本是薄情男，花尽剩夜潜。当初枝繁日日探，而今绝音函。

　　莫信人前语甜甜，心思未可谙。又往何方撩花去，扪心问，可知惭？

蝶恋花

　　知春梨花不惧霜，素面盈香，洁白淡淡妆。为报春风殷勤意，花舞人间入华堂。

　　春雨春风益浩渺，唤醒山梁，刹那梨花芳。枝叶婆娑随风舞，雪片飞过女儿墙。

点绛唇

热尔坝上①，格桑开时秋风起。锅庄热舞，牧歌响天际。

闲座帐前，看月明星晦。最难忘，郎卡②兄弟，陪在月光里。

注：

①热尔大坝在藏语里是"神仙居住的地方"，是距阿坝州若尔盖县城 17 公里的大草原，约 320 万亩，是仅次于呼伦贝尔的全国第二大草场。

②郎卡是吾藏族好友，在阿坝州政协工作。

菩萨蛮

犹记当初过红原[①]，兄弟姐妹牵马拦。瓦切[②]老街头，黄河第一弯。

酒酣歌伴舞，情浓满座煦。顿忘做客身，起舞已醺醺。

附记：

2006年秋，余偕家人去阿坝一游。时吾藏族兄弟旦真甲在阿坝县工作，盛情邀请一晤。返程经过瓦切街头，其家人在此牵马相迎，必欲款待之后才许离去。热情之至，却之不能。席间歌舞相伴，其乐融融。其时尝作诗以记。诗曰：瓦切街头牵马迎，黄河鱼宴席上珍。兄弟相逢频添酒，从来藏汉一家亲。

注：

①红原县是中国工农红军长征经过的雪山草地，1960 年建县。红原地处"世界屋脊"青藏高原东部边缘，位于四川省西北部、阿坝藏族羌族自治州中部，境域有长江、黄河两大水系。平均海拔在 3600 米以上，境内草原辽阔，水草丰茂，矿藏、森林极丰，是阿坝州唯一的以藏族聚居为主的纯牧业县。

②瓦切，红原县瓦切镇，位于红原县西北，距黄河第一湾 38 公里，是川西北地区的重要交通枢纽，大九寨旅游环线的重要节点之一。

临江仙

　　原上夏日恰如春，清风野花羊群，经幡飘处生祥云。云天遥遥，藏地草色茵。

　　人生惜缘常思君，藏汉兄弟相亲，千里牵挂相问询。西北遥望，想念单木真①。

注：

①单木真，吾藏族朋友，与吾有兄弟般情谊。

摊破浣溪沙

　　黑河桥头黄河鱼，盆装钵盛又满盂。主人待客心欢愉，又倾壶。

　　放眼草原花枝疏，意倾琼浆情满途。酒酣耳热藏歌起，醉矣乎。

附记：

　　吾尝去阿坝若尔盖，其地有藏族好友尚吉旭、旦真足、王明等，每去必于城外之黑河桥头以黄河鱼款待。真挚友谊，常萦于怀。

柳梢青

　　风过霜林，秋虫弄琴，长天秋水，暮霭镶金。声声鸟语，浅唱低吟。

　　已然豁目开襟，何须五岳作瞰临。千山翠光，万里云涔，自在吾心。

菩萨蛮

原上风轻天辽辽，达扎寺^①边黑河桥。芳草连天碧，草原格桑姣。

倚栏花湖畔，闲心看鹤翱。水随山影去，羊群伴云飘。

注：

①达扎寺即达扎寺吉祥善法寺院，是格鲁派（黄教）寺院。初建于康熙二年（1663年），由第一世达扎活佛曲吉·毛郎伦珠主持建造，距今已有330多年的历史。

好事近·蜀南竹海落魂台①

极目望青山，青山历历眼帘。流泉飞瀑白练，彤云罩山岩。

莫说落魂传神话，且看岭下川，隐隐青螺点点，袅袅见飞烟。

注：

①落魂台—七彩飞瀑景区，位于蜀南竹海。以自然景观为主，山翠崖雄、清泉碧潭、飞瀑彩虹。瀑布水雾数丈，每当阳光透过水雾即分解成七色彩虹，绚丽多姿，"七彩飞瀑"由此而得名。

鹊桥仙

　　郾城大捷，雪夜蔡州，沙场万里绸缪。将军月下看吴钩，踏破黄沙觅封侯。

　　春花秋月，天地悠悠，江山千古风流。君看几行英雄泪，行行洒在边靖楼。

附记：

夜读岳飞《小重山》，有感而作。

惜分飞

　　雨打芭蕉花落英，草愁叶垂鸟惊。西天雨脚横。风卷云涛天欲暝。

　　一番风雨人兼程，冷雨更添愁情。极目暮云处，长路不见短长亭。

减字木兰花

　　山间月小，又闻高楼夜吹箫。极目远眺，却见东楼华灯皎。

　　夜风又来，梧桐叶落静悄悄。此般光景，悲秋情绪谁知晓。

采桑子

　　陌上谁唱信天游，风也温柔，雨也温柔，燕子来时花满头。

　　别问海棠怎消瘦，花也风流，叶也风流，春雨过处风满楼。

月中行·小区春日园景

珠帘消遣东风，海棠枝映帘栊。隔墙疏影弄梧桐，小园春正浓。

雏燕剪尾掠晴空，声声慢，唤醒竦钟。惊得花雨入草丛，朝露染脂红。

踏莎行·流米寺李花

　　枝老古寺，云涌山前，春来花发红岩山①。山崖犹在白云间，飘飘飞雪搅周天。

　　蝶舞枝头，鸟鸣山湾，半山瓦舍起炊烟。古刹深深钟声远，翘首群峰白云闲。

注:

①红岩山，位于高县胜天镇流米寺村，方圆四十余平方公里。属丹霞地貌，森林覆盖率达 80% 以上，尤以李多味佳而闻名。其李曰流米寺李，皮薄汁多。春来李花齐发，蔚为壮观。

南乡子

　　竹影掩厢房，蝴蝶飞过日影长。扶梯直上西楼立，张望。残阳夕照西厢墙。

　　风过丝丝凉，玉兰飞花淡淡香。和衣横躺罗汉床，爽朗。邻家墙脚菊花黄。

菊花新·孤雁

　　秋水长天斜阳树，哀鸿声声啼不住。迢迢南归路，夕阳下，乡关何处。

　　浩浩夜空月蒙蒙，落日长天云漠漠。渺渺苍山外，云生处，可是归途。

醉桃源

峰头闲听巴山雨，云飞古亭檐。光雾红叶映清潭，古刹梵音绕南龛。

天蓝蓝，花恬恬，红云入眼帘。疑是苍天丹青落，偏把米仓淹。

附记：

辛丑谷雨时节，至巴中考察学习，再睹此间胜景。忆昔年曾游，光雾红叶，米仓风光，历久未忘。夜宿阳光酒店，乘兴而作。

锦堂春

　　天际一抹残霞，枝头几只昏鸦。落木飘飘蝉声急，老圃垂黄花。

　　秋眠初睡斜倚，窗外菊透窗纱。犹听檐头桂子落，惆怅独嗟呀。

摊破浣溪沙

暑风来时花已逝，犹记当初花满枝，蝶来款款枝上戏。早已去。

却道世事也如似，盛时相亲衰时遗。势利人心人不齿。莫叹气。

附记：

秋初与友于小区中庭饮茶，有人谈起所遇势利小人之种种恶行，共为愤慨。然细思此等人物，四处皆有，古今不绝。我等何苦与之计较，自寻烦恼。遂以此词劝慰之。

月上海棠

　　杏花春雨半山园，蝶翩翩，小立桃花前。海棠红残，风吹去，飘向谁边。花荫下，一地落英团团。

　　春困沉沉倦开眼，人欲眠，隔帘眺远山。伊人去也，春风里，可曾流连。归来时，怕又地冻天寒。

减字木兰花 · 赠继初先生

犹记从前，幸逢先生启少年。口吐莲花，德高识博诲愚顽。

春风化雨，甘霖如饴入心田。桃李不言，感念师恩忆杏坛。

附记：

吾师姚继初先生，学识渊博，师德高尚，深得学生敬佩。所教学生，遍布国内。吾曾师从先生数载，幸得先生垂爱。师恩难忘，作词以载。

浣溪沙·赠燎原兄

　　金沙水暖一江春，击水中流搏风云。百毒不侵冬泳人。

　　男儿敢向潮头立，老骥犹有壮岁身。穷冬犹能戏金岷。

　　附记：

　　燎原兄发来大年初一江头游泳照片，有感于花甲之人不畏风寒水彻而坚持冬泳，遂作《浣溪沙》以记。"百毒不侵冬泳人"一句为原照之标题，以为然，遂全句引用。

水龙吟·登宜宾东楼

　　大江沙渚城陬，碧水东流映清秋。极目遥看，水随天去，空余闲愁。又上东楼，晚秋声里，长江之头。一番惆怅意，说与谁休。水无言，云悠悠。

　　江山千载风流，曾记否，诗圣来游。使君宴饮，荔枝佐酒，重碧相酬。遥想当年，秋风茅屋。倚杖归来，吐胸中愿求：大庇天下，寒士无忧。

点绛唇

海鸥盘旋，搅动春风吹下关①。洱海春天，风起清波卷。良辰美景，初春正月间。依依处，水底苍山，斜风吹紫燕。

附记：

上元时节，吾高中同窗易继曼发来在洱海游玩的视频，见水波粼粼，海鸥掠翅，山色湖光，令人神往，遂填词以记。

注：

①下关，即大理市下关街道。《大理县志》载，下关风"其狂如虎，拔木倾舟"，故下关有"风城"之称。

千秋岁

　　欲言却无语，几度思绪聚。疏枝舞，云飞去。梦里吴江雨，心头白云渡。望窗外，早莺无愁鸣春树。

　　往事几番顾，谁人心上悟。烟波里，江湖路，相识何其多，知音堪可数。细思量，且将胜缘留心驻。

一络索·东楼[①]

　　醉里推窗但看，楼在何间。画栋雕梁欲流丹，依山立，大江沿。

　　遭逢星移斗转，几曾沉湮。欣逢盛世今又还，杜工部，曾流连。

　　注:

　　①据清康熙版《叙州府志》载：东楼"治东北，唐建"。指东楼具体位置在今宜宾市旧城东北角，为唐代所建。最早让东楼见诸文字的现存史料，是杜甫的诗《宴戎州杨使君东楼》。永泰元年（765年），杜甫六月乘舟经戎州治所（今宜宾市境），戎州杨姓刺史在东楼盛宴款待，宜宾东楼自此为历代名人雅士聚会之地，所咏东楼诗不胜枚举。谪居宜宾的黄庭坚有《廖致平送绿荔枝为

戎州第一，王公权荔枝绿酒亦为戎州第一》，曰："谁能同此胜绝味，唯有老杜东楼诗"，将宜宾佳酿、美果与杜甫的东楼诗视为"宜宾三绝"，宜宾城也因此被人们视为"诗酒第一城"。据《叙州府志·卷八·城池》载：就在杨使君在东楼设宴款待杜甫之后的唐会昌三年（843年），因金沙江水暴涨，戎州城遭灭顶之灾，东楼也在所难免。2018年，宜宾市将东楼迁建于三江合流的大溪口西南侧。

李庄七古

金岷激荡大江头，烟雨江南古叙州。文风郁郁绵千古，民情淳朴山川秀。古城巍巍傍大江，江流蜿转奔海洋。长江浩浩从兹去，江流十里到李庄。李庄依山傍水居，水秀山明画中藏。乱石铺街墙对墙，粉墙黛瓦廊连廊。阁生云烟花引蝶，大宅深院白鹤窗。九街十庙星罗布，禅院相邻老祠堂。物阜民康人安乐，耕读传家重木铎。好善乐施崇诗礼，行侠仗义尚践诺。遥想当年烽火起，难民蜂拥如蝼蚁。学子无端遭流离，流亡后方何所倚。幸有李庄申大义，迁祖移神相安置。拆墙并屋搬箱箩，国士鸿儒交相至。同济迁川李庄迎，自此书桌始得平。解衣推食濡以沫，我饮菜汤君食羹。三千人丁济三万，危难方显家国情。济难扶倾续文脉，华夏千秋仰义名。栗山留住傅斯年，梁林相携月亮田。鸳侣联袂兴巨制，江湖吟传四月天。山河破碎忧国祚，烽火岁月传衣冠。大师有幸避李庄，李庄有幸披肝胆。

学子得教，国士得拯。家国何幸，李庄何幸。江河长流，盛传李庄义举，史册永志，长载乡绅盛誉。君问李庄何所遗，尚义重文轻世利。中国文化折射点，民族精神涵养地。[①]我今长韵吟一曲，但为颂歌是为记。

注：

① "中国文化折射点，民族精神涵养地"是文化大师罗哲文先生对李庄的评价。

虞美人·长宁生态隧道①

　　江作罗带一线牵，修篁翠云间。迤逦青山生紫烟，又听林涛声声蛙弄弦。

　　水若明镜映长天，舟横小溪滩。浣女歌声和鸣鸟，溪头柳丝翩翩斜飞燕。

注：

　　①长宁生态隧道，距长宁县城约两公里。公路沿溪而建，夹道翠竹相向而拱，形成一条绵延十数公里的穹隆式绿色隧道。因成于天作，遂呼之"生态隧道"。

生查子·宜宾至长宁道中

日暮鸡声远，天高白云倦。道旁新篁密，林下野花绽。

生态景观道，好作车上观。车过枝叶舞，妖娆入画卷。

附记：

从宜宾市区至长宁县之旅游公路，经多年建设，终成数十里竹生态景观。车行其间，倍感舒适。更因途中小品节点甚多，总给人移步换景之感。

渔家傲·淯江河上

　　春水无端起涟漪，淯水清江杏花溪。谁家翠鸟枝上依。观鱼戏，倏忽一声浪里追。

　　清流百里欲何之，润泽龙孙绕凤池。琅玕掩映波生辉，雨霏霏，衔杯停棹不思归。

鹊桥仙·流杯池①

　　山谷遗踪，流觞曲水，倾倒几多书痴。尘俗未绝临雅池。俱向往，壁上留诗。

　　暮春时节，三五知己，也效前贤旧规。泼墨吟诗赋新词。心愿里，涪翁有知。

注：

①宋元符元年（1098年），黄庭坚谪居宜宾，于城郊之天柱山（一名"催科山"）下，仿王羲之《兰亭集序》中"流觞曲水"之意境，凿石为池，号曰"流杯池"。

木兰花·过锁江亭至流杯池

　　故城危岩锁江亭[①]，铁索沉江岷水清。涪翁去后人罕至，空留摩崖大江倾。

　　移步天柱谷口行，无量寿佛[②]气峥嵘。青山不逢黄内翰，哪得流杯举世名。

注：

　　①锁江亭，位于宜宾城西北岷江河北岸。唐时在岩石上凿孔，穿铁索横越江面以阻敌（一说为拦船收税）。石壁上有黄庭坚所书"锁江"斗大二字，并附山谷款识。

　　②无量寿佛，指流杯池石壁上，有黄庭坚手书"南极老人无量寿佛"八个大字，每字约1.5米见方，磅礴雄健，气象雄浑。

渝庆词稿

生查子·叙州

　　石城如画出，叠翠掩横江。樟海①深林密，风过留余香。

　　金沙偎城垣，春风卷碧浪。柏溪老街头，佳人淡淡妆。

注：

　　①叙州樟海，距宜宾市区约 30 公里，面积达 350 余平方公里，有"中国天然油樟植物园"之美誉。据说世界油樟 70% 在中国，而中国油樟的 70% 又在叙州。这里也是全球最大的油樟集中种植区。

083

好事近·筠连^①

驱车入筠连，历历绿水峰岚。愣把一路烟霞，
都收入眼帘。

定水穿城波影涵，古楼云崖巉。巡司温汤水
暖，玉壶隐清潭。

注：

①筠连是宜宾市辖县，总面积 1256 平方公里，位于
四川盆地南缘川滇接合部。

浪淘沙·向家坝^①

　　夹岸山崔巍，平湖生辉。云影天光镜中窥，湖光山色鸥鹭飞。春水萦回。

　　当年翻惊涛，一倾汪洋。而今高垒锁大江，千里金沙化碧浪。无限风光。

注：

　　①向家坝，指向家坝水电站，位于金沙江下游，是金沙江水电基地最后一级水电站，排名世界水电站第十一位。

踏莎行·南溪城①

　　文明门下，舟横帆满。芦亭晚照流光远，瑞云瓃碟接流霞，琴山松风催雁眠。

　　南溪城外，绿茵浅浅。新城傍水起名宛，龙腾晚照笙歌起，夜夜笙歌竞赞叹。

注：

①南溪区是宜宾市市辖区之一，面积七百余平方公里。

眼儿媚·江安

　　城下长江城上花，水映柳枝斜。沿江道上，霓虹纷彩，绿树新葩。

　　凭栏高楼景色奢，竹岛笼烟霞。云横南屏，潮涌西江，雾锁康家^①。

注：

①南屏、西江、康家坝，均为江安城周地名。

踏莎行·江安竹岛

　　春水萦回，芦荻滩头，沙渚成岛一望收。最是春暖花开处，竹影森森映碧流。

　　偶住亭①上，风清月稠，道是涪翁停歇处，而今却成看花楼。偎栏闲听鸟鸣啾。

注:

　　①偶住亭为江安古八景之一，位于江安县城北江心洲牛角坝尾，始建于宋代。诗人黄庭坚流寓江安时曾小住于此，亲书"琴操"二字并取名"偶住亭"，此事在《江安县志》中有记载。

鬲溪梅令

　　南屏峰头望江城，沙渚斜阳清影，江桥横。一帘新城景，春来花枝惊梦醒。明月夜，西江潮起，波涌官驿门，烟笼碓窝井①。

　　注：
　　①官驿门、碓窝井，均为江安县城中地名。官驿门在城东，碓窝井在城南。

金菊对芙蓉·夜游江安城①

　　西江夜月，南屏晚钟，翩翩江上归鸿。看东门舟移，竹岛烟朦。堤上绿柳正葱茏，轻摇首，枝叶蓬蓬。华灯初上，月色溶溶，酒绿灯红。

　　乘势更驾玉璁。立开放潮头，筹策致功。任翻江倒海，今非昔同。天高云远任鸥鹏，扶摇起，羊角相从。橙香十里，云山千重，花月春风。

注：

　　①江安县为吾家乡。隶属于四川省宜宾市，位于四川南缘，长江之滨，宜宾之东，三市（宜宾、泸州、自贡）之交，建县于隋朝开皇十八年（598年），历史悠久，文化深厚，是四川省历史文化名城。

渔家傲·江安元宵夜

　　青山倒映一江澄，彩灯高悬映华庭。空巷倾巢长街行，月胧明，灯满长江花满城。

　　长街灯红月色清，彩云追月花飞英。谁家女儿倚花前，笑盈盈，人似桃花花婷婷。

柳梢青·叙州区綵山风景区①留咏

波光云影，草色青青，燕语莺声。綵山独秀，四山若屏，绿柳红橙。

主人携酒笑相迎，琼浆与雅士共醒。把酒临风，临池弄筝，何逊兰亭。

注：

①綵山风景区位于宜宾市叙州区喜捷镇玉龙村，是一个现代农业与旅游业相结合的样板。

水调歌头

　　长天一何碧，水清一何莹，滩头黄鸭相戏，溪上雏鹤泳。我欲泛舟浪迹，直去蓬莱仙境，隐身蜃楼影。又怕仙山琼阁，难觅登山径。

　　望长天，思绪远，心难静。鸿溟何在？青崖白鹿岂可乘。我本凡尘闲客，何尝明心见性，怎奈日日酪酊。欲从赤松去，岘山①学敲磬。

注：

①相传赤松子洞府道场位于襄阳岘山石室。

眼儿媚

春眠三竿日影长，起坐独彷徨。梦里光景，若隐若现，几番思量。

昨夜梦得旧山乡，花上女儿墙。高洞桥头，瀑布声喧，燕飞莺忙。

天仙子

　　去岁曾作归乡行，欲醉还醒神犹清。举座欢欣皆故人。儿时味，老乡音，少年旧事故乡情。

　　举杯相敬老乡邻，几欲哽咽泪眶盈。艰辛时月赖扶倾。当年景，眼前人，一时感念又满樽。

卜算子

嘤嘤燕呢喃，淅淅春雨声，春睡惊起梦不成。迎窗一枝横。

小侄传消息，老院初花生。暗思故园懒妆镜，闷坐待初晴。

附记：

侄子发微信于吾，谓老宅院子里的花木均已盛开，盼吾归家一观。竟勾起一腔思乡之情，不免怅然。

浪淘沙

　　语罢已成秋，枫叶红稠。归鸿飞去人更愁。檐下西风黄花柔，谁倚高楼。

　　诗成泪空流，欲说还休。且待年尽新岁至，一缕春风挂楼头，夫复何求。

菩萨蛮

　　落日残阳入山肩，桂子落时柳飞烟。悲秋响鸣蝉，穿堂双飞燕。

　　绿篱瓜蔓疏，小园菊花俯。遥看云绵绵，秋水贯长天。

虞美人·燕南归

秋水长天云絮缠，可怜堂前燕。几欲飞去又盘桓，此番南去不知几时还。

关山难越路漫漫，前路几多难。且待来年花烂漫，我再归来问候报平安。

采桑子

　　一别青山大江寒，山在这边，山在那边，夹岸杜鹃唤离船。

　　热风劲吹落花残，飘在这边，飘在那边，送君一别几时还。

临江仙

　　三分秋色七分春，秋阳染红浮云，翠霭波涌漾清粼。紫气生林梢，苍山接白云。

　　溪头枫树秀芳茵，红叶翻卷缤纷，画卷初开群山欣。绿浪随风生，百鸟竞鼓唇。

锦堂春

　　阶前一抹苔痕，檐前几树樱花。轻风吹过花片舞，洒满竹篱笆。

　　眼看春将归去，青果还似新芽。待得春尽熏风起，胭红满枝丫。

菩萨蛮

又听细雨敲窗棂，帘外淅淅春雨声。不知庭前树，几多花枝醒。

披衣起床坐，静心待晓晴。但愿明朝起，红云入前庭。

浣溪沙

斜倚独思愁尽收，茶香招来一天秋。花洒风斜月上楼。

葩红依堤隐鸣鸥，衙街观花看人游。霞飞云满霜上头。

注：

此词可以试着倒读。

迷神引

　　浥水无端生涟漪，悠悠微风柳垂。风烟散尽，独行长堤。芦依依，野鸭浮。心何随？几丛野花菲，傍隅隈①。一袭孤蓬低，近墟堆②。

　　遥想当年，也思气如斯，仗剑江湖、作蜚螭③。击水中流、登岌嶷④，搏龟蛇。而今迟暮，空噫嘻，隐杯池⑤。杜鹃声声啼，胡不归。且吟风弄月，对残杯。

注：

①隅隈，角落和弯曲之处。

②墟堆，泥土堆积貌。

③蜚螭，犹飞龙。

④岌嶷，高峻貌。

⑤杯池，小池塘。

卜算子

　　雾重苍树绿，风轻白云行。兄弟相逢宴长宁，
淯水淌温情。

　　菜备一桌满，酒斟一瓶倾。笑谈当年逸趣事，
坐客已微醒。

眼儿媚

　　李花村里寻新葩，花低压枝斜。一夜春风，蝶舞蜂飞，花雨沙沙。

　　人倚枝前笑如花，白雪盈山洼。且待秋来，硕果枝头，乐满农家。

附记：

　　江安桐梓，盛产大白李。每至春来，李花盛开，山山岭岭犹如飞雪覆盖，其势甚为壮观。

海棠月

中秋月明如炬，院里茶香一缕缕。小院人家，瓜棚下，相说秋趣。月朦胧，黄花倚在老树。

小家自是农耕户，掐指算，秋粮多几许。爷娘分饼，回味处，几多甘苦。秋雾起，西天月华如注。

阮郎归·乡村农家乐

　　陌上烟柳柳如烟，斜阳山外山。小池清浅水映天，花荫卧犬眠。

　　风拂面，竹叶翻，橙花香若兰。雄鸡引吭竹篱边，枝头鸟声欢。

朝中措

一枝一叶皆含情，窗外数枝横。谁家新笋初长，自在绿荫亭亭。

春雨无声，枝叶含荣，朝露清清。尽收一山春色，何羡世间浮名。

临江仙

　　亭前古榕独横枝，初莺唤醒愁思。闲坐江头吟柳词，几多情愫，说与流水知。

　　身在江湖伴作痴，世事几多相违。人生难有得意时，窥影自怜，空叹水东离。

忆秦娥

　　西风烈，纠缠芳林凋黄叶。凋黄叶，零落一片，残花堆叠。

　　一腔秋怨怎得结，和衣卧求梦中别。梦中别，几声寒蛩，半床秋月①。

　　注：

　　①"半床秋月"出自唐人胡曾《早发潜水驿谒郎中员外》，其诗首联为"半床秋月一声鸡，万里行人费马蹄"。

鹧鸪天

一路车行一路歌，别了汶川路嵯峨。桃坪羌寨兀兀立，叠溪水洌傍山阿。

太子岭，连山坡，妙景天成若玉岬。阅尽世间千般景，红叶还数米亚罗①。

注：

①米亚罗，藏语意为"好玩的坝子"，位于阿坝理县，岷江上游杂谷脑河谷地带，邛崃山脉北段。背靠重山，面对盆地。景区东西长一百三十余公里，南北宽三十余公里，面积约三千七百平方公里，是中国最早发现并开放的面积最大的红叶风景区。

卜算子·迎亲

　　蓬蓬依依柳，隐隐约约霜。吹吹打打颠花轿，欢欢喜喜郎。

　　飘飘洒洒花，浓浓淡淡妆。咿咿呀呀喇叭响，羞羞涩涩娘。

菩萨蛮·乡村婚礼

　　爆竹声声响连天，新妇落轿步姗姗。公婆阶前立，姑嫂赞衣冠。

　　宾客延跂望，儿童讨喜钱。小侄一声妈，红云扑娇颜。

河渎神

　　秋深夜寂寥，闲坐独吟诗钞。听得邻家鸡声远，又见西天月摇。

　　旧书覆面欲假寐，却听夜风袅袅。思量今夜落叶，可是明朝诗瓢。

摊破浣溪沙·若尔盖^①

大地辽阔山如黛，犹记天边若尔盖。格桑盛开留客待，花如海。

马嘶羊咩奔山界，经幡飘起霓虹彩。藏歌悠悠响天籁，心感慨。

注：

①若尔盖县属阿坝藏族羌族自治州，地处青藏高原东北边缘，位于四川省北部，系四川通往西北省区的北大门，黄河与长江分水岭将其划为东西两部。有"中国最美的高寒湿地草原"和"中国黑颈鹤之乡"的美誉，素有"川西北高原的绿洲"和"云端天堂"之称。

卜算子

　　花红朝露重，风徐江雾浓。当年同窗又相逢，
雅室生和风。

　　酒倾一樽满，茶斟半盏红。一刻欢聚顷刻散，
挥别各珍重。

踏莎行

　　叶落花残，枝斜影乱，东山月起欲团圞。遥思天涯人不见，谁家游子清梦寒。

　　清光玉露，云影瀚漫，举头明月半遮颜。但愿更长留永夜，与君千里共婵娟。

巫山一段云·乡村所见

亭亭新荷立，款款粉蝶翩。一顷荷风叶田田，锦鲤戏红莲。

人坐风前爽，蛙卧叶上闲。道旁人家迎新妇，高门悬红联。

鹧鸪天

碧玉溪上风已停，惟留满室笑语声。加汤分菜频添酒，兄弟相逢倍添兴。

仁勇笑，胡力听，雷彬又把琼浆倾①。人说长宁风物美，此间交谊最深情。

注：

①仁勇、胡力、雷彬等友均是吾在长宁县供职时结识的至交，因志趣相投，至今仍不时相聚宴饮游乐，算起已有近三十年的友谊矣。

鹊桥仙

乱山残照，青烟缥缈，却道夕阳最妙。想是伊人又瘦了，黄花前，还在远眺。

说要归来，却是路渺，陌道秋风劲扫。落叶催人情未了，秋梦里，平添烦恼。

武陵春

　　往事未忘几番虑，前度投书去。谁人理会离愁绪，偏来一天雨。

　　欲随流水访君所，风浪阻通旅。又恐这般踟蹰后，音书绝，人相疏。

西江月

　　江风吹过城垛，细雨湿了秋荷。江头送客东门沱，忍泪且望山阿。

　　别后乡关万里，知音能有几何。耳畔犹闻鹧鸪唤：行不得也哥哥。

御街行

　　落木萧萧蝶隐翅，枝枯萎，花憔悴。长天雁阵声声唳，西天暗云欲坠。岁月蹉跎，年年踟蹰，几番惆怅味。

　　梦里尽是君王事，樽未举，人先醉。暗向明镜几分愧，空教英雄涕泪。黄沙大漠，楼兰车骑，几时失交臂？

天仙子·七星山①

　　远眺七星不可攀，上有古塔悬其巅，山势嵯峨高接天。残阳里，见炊烟，雾岚依稀绕层峦。

　　注：

　　①七星山位于宜宾市，为省级森林公园。以森林景观和地貌景观为主，山青岭翠，树密林茂，构成了它绿、幽、静的环境特色，同时也有众多人文景观。

昭君怨

　　池上蜻蜓翩翩，水中荷叶田田。看杨柳风里，堂前燕。

　　鸡鸣岭上声远，鸟啼枝上檐前。桃挑一枝绽，出墙垣。

临江仙·天池

　　古来天池仰谁功，波凝碧玉烟笼。曲岸垂柳丛复丛。一声采莲曲，十里芰荷风。

　　天光云影深几重，燕剪水底苍穹。一顷田田隐凫踪。鹤傍荷茎立，鱼戏花影中。

临江仙

　　醉里酒绿灯也红，醒来纤云清风。几回醉乡旧山梦，东山云霭霭，西溪柳丛丛。

　　犹记高洞清潭里，一帮戏水顽童，钻浪吹水还复纵。爹拎双臂去，娘责"小祖宗"。

　　附记：

　　吾之故乡高洞河有两深潭，为少时与玩伴戏水之乐园。然长辈为安全计均不允我等孩童于潭中弄水，还恐吓云潭中有"水鬼"。岂料我辈并不以为意，常呼朋引伴寻机下潭，每被发现，总有严父怒把自家儿郎提将回去以荆条伺候，而一旁之慈母往往是一边作势帮腔责骂，一边却慌忙把孩儿拥护在怀。

　　而今每每想起此景，仍禁不住热泪盈眶。

汪庆诗稿

秋蕊香

　　秋雨暮山浇遍，一缕凉风透帘，遣兴斜倚旧雕栏，转瞬诗兴索然。

　　独自惆怅拍栏杆，笑痴癫。三径黄花尚未老，何不早归田园。

卜算子

　　风吹杏花雨，云歇溪边墅。野凫相戏沙洲渡，
溪山垂纶处。

　　杨柳丝如缕，新燕掠翅舞。划破斜风枝头立，
相顾悄声语。

关河令

　　极目遥看一山孤，云垂天欲暮。归鸟弄语，风过修篁疏。

　　东山淡月天幕，云隐隐，萧疏荒树。几声虫鸣，唤起半山雾。

少年游

　　昨夜西风吹夜雨，花落枝下溪。寻常天气，秋蝉声里，提笔难成诗。

　　十年故乡两不知，相忘几多时。任秋风卷帘，漫天飞絮，蹙眉向秋池。

菩萨蛮

曾记少时瀑布喧，跌落深潭惊胆寒。浪涌青石壁，水漫乱石碛。

溪若青罗带，山映清潭濑。春涨桃花潮，秋生两岸茅。

附记：

吾故乡江安高洞，有小溪曰"高洞河"，穿村而过。其间有瀑，夏日水涨，其声若雷，蔚为壮观。少时常约伴至瀑下之乱石滩捉铁螃蟹，亦乐事也。惜后来环境改变，高洞河日渐消瘦，虽有瀑存，然仅余白练之形，不复如当年矣。高洞河乃余少时之乐园，曾作文《故乡的小河》以记之。

秋千索

　　一瞬西风穿长街，中天孤月照楼台。举杯邀月月入怀，桂子洒在苔阶。

　　明月不知人发呆，犹照窗外老洋槐。愿得清光入清梦，照我三径花开。

长相思

　　山一湾，水一湾，青山脚下荷田田，梦里在乡关。

　　说一番，笑一番，浓浓乡音在耳畔，夜夜思故园。

巫山一段云·横江古镇①

隐隐石城山，粼粼横江波。古镇长街傍山阿，深院连巷陌。

翼王曾挥戈，抗战走青骡。诗礼相传民风朴，芳云满江河。

注:

①横江古镇位于宜宾市叙州区西南，北靠石城山，面临横江河，为国家历史文化名镇。秦汉隋唐时期的五尺道、僰道、石门道均经此地南下，是南丝路之路的必经之地。历代先后在此设立过巡检司、水陆驿站、京铜专运局、驮运管理处。抗战时期是滇缅抗战物资的重要转运地。

清平乐·思父

一丝细雨，人在秋风处。残红枝前人无语，哪年秋日离去。

几番还在梦境，看你满头霜露。知否今夜明月，还照愁人黯沮。

附记：

2006年重阳，先父离去。年年此日，总是想起，不免神伤。吾父一生坎坷，命运多舛，以羸弱之躯苦撑家庭，诸多劳苦不言而知。每每想起，深感"子欲养而亲不待"之苦痛，郁不堪言也。

汪庆词稿

摊破浣溪沙·忆父

当年书斋掩破扉，夜风瑟瑟一灯微。把手描红学颜柳，承父陪。

十年相别寸心灰，未见天堂有人回。梦里依稀少年事，泪双飞。

菩萨蛮

南风夜来新麦黄，劳人汗洒南山梁。家罄人贫力，时时炊断粮。

父劳一何苦，愁闷复忧伤。子幼生无计，仓廪年年荒。

附记：

幼时家贫，食不果腹。吾父力薄，操劳生计，疲于奔命。每每想起，心扉隐痛。少时苦难，夫复何言。

秋千索

　　画里金蟾画外秋，云影天光映碧流。谁人天幕作画稿，画不尽，许多愁。

　　雁行作字长天留，夜梦难寻恨悠悠。天堂归路何渺渺，看不见，泪空流。

谒金门

更漏长，梦里依稀两鬓霜。指点书钞说汉唐，
谆谆诲儿郎。

别来几回梦乡，犹在老屋中堂，高吟文正忧乐
章，聊发少年狂。

附记：

余幼时寻书甚难。其时所读之古典文，多是吾父抄
录于簿，尔后教余。记得家父曾于友人处寻得一本《白
居易诗选》，残破不堪，督余诵读，两月背完。至今思
之，受益匪浅。为营造家中读书氛围，吾父尝于堂前高
声吟诵古典名篇。余之国学基础，全赖家父当年教诲。

眼儿媚·梦父

　　夜梦浮槎入天庭，太虚寻父亲。阆苑仙境，天风浩浩，寂寂无人。

　　清夜醒来梦犹存，独自暗伤神。几丝夜风，半钩残月，一片浮云。

少年游·清明谒父亲墓

谒墓清明春草滋，欲诉心所思。寂寂山冈，风
去无语，泉下可有知。

相逢只在清梦里，光景亦如斯。岭上鸦鸣，远
山一声鸡。

一剪梅

　　六月日长黄梅天，雨打新荷，燕飞枝前。人生
难得几回闲，放下书钞，又理诗笺。

　　日影中天频挥扇，蝉吟深树，鸡鸣山间。遥思
未若父兄苦，荷锄田中，汗浸衣冠。

长相思（四首）

（一）

长相思，思故乡。隔岸大江何汤汤，我欲归之水茫茫。地僻家山远，蓁莽山径长。高洞桥头瀑声渺，总旗山上月遑遑。呜呼一歌兮心忧伤，梦里乡关不可忘。

（二）

长相思，思高堂。慈父音容益迷茫，我欲谒之在梦乡。青衫留汗渍，头白两鬓霜。蓬山有径人无迹，惟见坟头春草荒。呜呼二歌兮泪盈眶，犹听子归啼山梁。

（三）

长相思，思绪长。江头沙渚双鸳鸯，我欲偕之草径霜。窗外秋枫叶，床头明月光。赌书饮茶谁家事，闺中画眉亦寻常。呜呼三歌兮细思量，糟糠之妻不下堂。

（四）

长相思，思同袍。挥手一别故山遥，我欲访之路迢迢。天高思情切，夜夜梦灞桥。天涯风霜摧颜色，秋夜雁阵几声嗥。呜呼四歌兮心焦燥，怨君何不起归桡。

鹧鸪天

　　戍边男儿英雄汉，雨雪风霜等闲看。横眉贼寇金鼓急，扬威敌阵利剑炫。

　　天何高，地何远，英名长留青史卷。我今长歌吟一曲，雪莲盛开云飞霰。

青玉案 · 过高原见山间雷达站

　　岭上峰高夜风寒，山寂寂，少人烟。军营屹立山崖间，天线高耸，射机飞旋。高原雷达站。

　　平安不知边塞远，氧足难解喘气难。谁家子弟在边关，枕戈待旦。雪被冰床，饮马雪山巅。

鹧鸪天

　　一山深雪一山寒，班公湖畔石成山。吴钩男儿今何在，雪满边塞马不前。

　　风萧萧，云漫漫，界碑高垒雪山关。铁血雄心气如虎，谁人横戈谁戍边。

锦堂春

　　边塞千里冰封，脉连万里山河。爬冰卧雪意如何，军旅唱壮歌。

　　备战何惧深寒，列阵持戟山阿。国疆尊严岂容犯，军营谁枕戈。

醉桃园

迢迢边关升明月，朔风吹雨雪。七尺男儿守边陲，志坚血犹热。

边疆土，壮士血，金瓯①应无缺。血染征袍何所惧，沙场何壮烈。

注：

①金瓯，盛酒器，喻国土。金瓯无残缺，意指国土完整。语出明人徐宏祖《徐霞客游记·黔游日记》："但各州之地，俱半错卫屯，半沦苗孽，似非当时金瓯无缺矣。"

152

渔家傲

云卷南疆白浪滔，烟笼西沙彩云飘。水满暗沙风满礁。夜夜潮，中华故土万里遥。

暗云层层起周遭，贼寇窃窃作鬼号。癫狂南海摇破桡。且休噪，试问东风把谁饶。

四和香

碧海银滩万里疆，浪接太平洋。自古中华打鱼场，海定波宁风飐。

魑魅兴风妄作浪，宵小逞豪强。且看蛟龙犁海，谁敢酣睡榻旁①。

注：

①睡榻旁句，语出宋人李焘《续资治通鉴长编·太祖开宝八年》："上怒，因按剑谓铉曰：'不须多言，江南亦有何罪，但天下一家，卧榻之侧，岂容他人鼾睡乎！'铉皇恐而退。"

鹧鸪天

珠峰高耸接月星，边关明月映雪清。朔风劲吹鹰敛翅，男儿横戈马上行。

高原月，边塞营，风雪难改壮士情。吴钩光寒辉日月，倚剑南天舞长缨。

减字木兰花

朔风怒卷，雪满冰封加勒万。壮士戍边，矢志为国担危艰。

阻敌逡巡①，寸土皆我休侵犯。碧血丹心，昂藏②男儿岂畏战。

注：

①逡巡，此处指迟疑不进。

②昂藏，气宇轩昂。

破阵子

　　列阵铜墙铁壁，挺身气冲牛斗。铁血男儿今在此，贼寇挑衅愈抖擞。将士为金瓯。

　　国疆万里锦绣，寸土皆属我有。宵小若怀吞象意，应问钢枪可能否。长剑驱外寇。

菩萨蛮

　　大雁去时天已凉，落叶悲秋过短墙。远山红叶卷，一地菊花乱。

　　小池残荷瘦，丹桂落花骤。秋声入故园，夜夜霜露寒。

忆江南

瘦山寒，小路正弯弯。未见老枝绽新芽，枯枝落叶满林间，节令正蹒跚。

君莫叹，春已到山弯。只待今夜寒潮去，一夜春风醒山川，又是花飞天。

清平乐·蜀南竹海观云台^①

天高云渺，脚下青螺小。群山莽莽如列阵，更兼夕阳相照。

凭栏极目远眺，小溪如带萦绕。苍鹭盘旋溪岸，百龟俯首听召。

注：

①观云台，为蜀南竹海一著名景点，又名"轿子石"。其上可观川南浅丘。河水如带，阡陌纵横，处处竹树人家。再远处，是四川盆地向云贵高原过渡地带，两列山脉逶迤起伏，其中一列是黄色的山岭，另一列长满了绿色植被，犹若黄龙和青龙并排游弋。百龟拜寿梦幻般的美丽画面曾在 2008 中国北京奥运会开幕式上呈现。

一剪梅

修竹万竿卷翠云，秋也是春，冬也是春。枝扫浮云不染尘，风来醉人，雨来醉人。

云山千里连天碧，看也销魂，想也销魂。冠绝山川独留名，来也欣欣，去也欣欣。

减字木兰花·双河①

　　宝屏无言，万岭千山尽绵延。西溪水涨，浦花素锦长街前。

　　双河春暖，涓井清流起晴烟。文峰出岫，倒提文笔点青天。

　　注：

　　①双河即长宁县双河镇，因有东西两溪环绕古镇而得名。长宁县旧治。长宁县史料所载附城八景，俱在双河镇周围。

采桑子

    花间谁在凝神望，花也芬芳，叶也芬芳，一塘春绿映天光。

    荷叶田田新花放，看也无妨，嗅也无妨，出水莲花新嫁娘。

后庭花

　　庭前一溪水，房后几树花。鸡鸣三更月，人归满天霞。青岩下，山野人家，围炉煮新茶。

惜分飞

　　潮涌西江云缠树，新月初照古渡。此夜恨无数，谁家远人归期误。

　　爷娘翘首浪飞处，稚儿娇声问母。无奈且归去，又添一夜相思苦。

附记：

　　余早年于故里江安县城谋职，其时交通不便，远行或归来大多赖轮船。每每客轮停靠渡口之时，岸上便热闹非凡，接人者，送客者，络绎不绝。本词记取的即为举家到渡口接迎远归人却不见，无奈失望而归的情景。当时信息闭塞，唯有书信往来，此种景况常有发生。

浪淘沙

　　晓风吹面寒，春莺盘旋。又是春雨洒江天，草色茵茵染衣冠。溪水潺潺。

　　古柳新枝妍，犹有春寒。但见东风动地卷，激荡春潮起漪澜。绿染山川。

西江月

　　清风明月啼鸦，竹篱茅舍人家，夜深还闻磨豆花，农家操持生涯。

　　几声虫鸣窗外，一盏孤灯檐牙，只待明朝五更起，换得酱醋盐茶。

　　附记：

　　余家近邻之农贸集市，有名"李豆腐"者，其货味美价廉。吾常于其处购豆腐、豆花，偶与其攀谈。自云每日三更起，磨豆数十斤，成豆腐、豆花，天未明即入市待售。吾笑问汝这般辛苦，恐早已发家。答曰：兄台勿哂，唯磨骨养肠尔，终得寻一活路也。吾闻之，默然无对。

醉桃源·四十年后同窗聚会

南屏山头暮云垂，叶落乱鸦飞。十月秋高重聚首，相逢鬓毛衰。

牵手问，泪相催，共看余晖回。弹指韶华随风逝，欲说徒伤悲。

临江仙

　　长忆江城说泸州，校园林深叶稠。少年空怀家国忧，夜读三更月，临考一灯油。

　　书生意气不知愁，犹自各逞风流。一朝惜别作星散，几回清梦里，又到水沟头。

鹧鸪天·同窗聚

犹记十月南屏庄，当年同窗聚一堂。相逢争说少年事，顿忘半百两鬓霜。

牵衣问，诉衷肠，历历当初少年郎。转眼又作挥手别，依依相望留感伤。

踏莎行

　　君游四海，天涯孤旅。化作鲲鹏扶摇去。湖山万里云飞处，天涯探求济世举。

　　男儿有志，安为隶圉。劝卷白波解我语。长江若不出夔门，清溪徒涨巴山雨。

月下留

　　昨夜病酒，一番沉吟，几行诗稿。醒时吟咏，满纸荒唐言诮。回首平生，事无成，岁月蹉跎身老。马齿徒增，鬓飞霜雪，空留鸿爪。

　　喟叹豪杰佼佼，问楼兰可破？黄龙可捣？壮志难酬，徒使英雄取笑。且隐林泉，效彭泽，南山独对野茆。夕阳下，把短笛横吹，何忧何恼。

于中好

　　春日无事检书卷，闲读旧钞访先贤。摘句寻章细咀嚼，勿逢妙句击节叹。

　　残茶尽，人已倦，倚座假寐心未闲。婉约最是李易安，洒脱还数柳屯田。

菩萨蛮

　　记得去年到君家，庭前莲塘屋后瓜。荷艳鱼儿唉，瓜熟招渡鸦。

　　世人重浮名，不识东篱花。安得有此居，高卧饮流霞。

浣溪沙·初夏访农家

初夏犹凉且驱车，郊外探访农人家。五月犹能赏榴花。

山野农趣令客嗟，村户自给足桑麻。朝看流云夜听蛙。

眼儿媚

　　顾影自怜霜鬓满，不忍镜中看。几多过往，星辰大海，皆成梦幻。

　　富贵岂是吾辈愿，但与江湖远。荷锄南山，清风明月，云舒云卷。

锦堂春·赠友人

　　石不多言能解语，花如解语还添愁。云里苍山深林幽，红叶醉清秋。

　　也曾层林碧透，也曾花繁枝头。岁月记得旧风流，何叹老沧州。

秦楼月

风吹月，凭栏遥看故城阙。故城阙，风弄帆影，渔歌暂歇。

江头何时相离别，别后青山飞霜叶。飞霜叶，西厢人静，灯火明灭。

菩萨蛮

　　不知此时秋声里，君若思乡可曾眠。思君情殷切，天涯归路难。

　　滩头夜风急，枝头清露滴。中天秋月白，高楼笛声息。

忆少年

　　有客来访，有花可折，有酒供醉。奉君莲蓬味，佐酒堂前桂。

　　愿得更长人不寐，重沽酒，莫许言退。相逢何难也，萍踪四海内。

采桑子

一杯残茶说平生，诉与谁听。说与你听，当年风景梦不成。

转眼人生入暮龄，当时情景，当下情景，谁叫故人最痴情。

诉衷情·楼中望东山

东山遥看草离离，塔影近云低。空中和鸣飞鸟，唱醒半山鸡。

菜花黄，竹枝依，雾岚微。屋舍俨然，粉墙黛瓦，隐隐红衣。

风入松·宜宾除夕

　　街衢巷陌春风撩，灯火大江桥。塔影随波逐浪涛，苍山远，红叶招摇。一色清江薄雾，相映垂柳飘飘。

　　车水马龙人声潮，霓虹映楼高。街头热舞娇娘俏，劲歌起，各逞娇娆。长街华灯初上，万家团圆今宵。

忆秦娥

早春寒，拨云见南山。见南山，轻烟薄雾，峰头回环。

山间农舍傍流泉，农家春月正休闲。正休闲，笑倚柴扉，喜过新年。

醉花阴

　　时逢上元春意闹，花灯谁家好。云淡天渺渺，
斜风紫燕，衔泥入渟淖。

　　人醉灯前吟诗稿，几多情未了。新岁催人老，
低头沉吟，一地清光皎。

谒金门

上元到，紫燕归来风袅。长街看灯人喧闹，花灯映颜俏。

小园海棠红了，枝头思春啼鸟。明月中天清光皎，醉里凭栏眺。

采桑子

    柴门瓦屋贴春联，东家过年，西家过年，小儿偷数压岁钱。

    焰火凌空生翠烟，这边好看，那边好看，小康山村乐余闲。

菩萨蛮

　　楼上垒土辟小园，且种红薯与菜鲜。日日勤浇水，时时相护庇。

　　惟愿收成好，但为席上料，愿效彭泽行，荷锄作躬耕。

眼儿媚

　　一夜西风瘦海棠，花落独惶惶。几许残叶，萧疏枝头，暗自神伤。

　　休怨西风暗猖狂，世事本无常。秋尽飞霜，一番逆境，笑对何妨。

一络索·仙峰山①

车道依山蜿蜒，隐隐峰峦。远山青黛隐云烟，天际处，山外山。

暑日寻此佳境，清静怡然。苍树擎天青岩盘，时令晚，花未残。

注：

①仙峰山，位于兴文县中西部，以早二叠世质纯石灰岩为主。主峰高耸入云，以云笼雾罩、隐现无常的神秘诡谲闻名，传说曾引仙人到此修行，被视为仙山，因而得名。

谒金门

晴方好。帘外春风拂林梢。翠云烟里青雾歊。朝露湿青草。

故园桃梅妖娆，梦里落花未扫。最是家山忘不了，乡愁与谁道。

秋波媚

万里黄沙万里悲，铁骑逐熊罴。将军沥血，征夫顿羸，骨累山隈。

落日孤城画角吹，疆场扬国威。大漠怅望，匈奴未灭，何以家为。

附记：

夜读《汉书》，读到元朔二年至元狩四年的三次汉匈之战（元朔二年即公元前127年的河南之战；元狩二年即公元前121年的河西之战；元狩四年即公元前119年的漠北之战），有感而作。

忆江南

　　春雨寒，风吹柳缠绵。最是相思人犹烦，且将花瓣作纸笺，留与春风传。

　　风无言，吹来人欲眠。梦里伊人倚花前，一色娇羞独凭栏，桃花映红颜。

清平乐

　　水随天去，大江何所忆。且看青山离别意，黄芦苦竹凄凄。

　　握手即成挥别，添愁暮山秋雨。隐隐晓星残月，长天飞鸿何依。

生查子·夜所见

又是月圆满，天风徐吹面。倚廊看半山，残灯作星散。

东楼犹兀立，华灯透窗幔。流萤入蓑草，蛙噪寒溪岸。

千秋岁

　　叙州烟雨，前度留君待。春水流，花含蓓。一壶尖庄酒，几碟宜宾菜。相对酌，遥看明月隐云霾。

　　今朝君将行，饯别滨江台。此番去，几时再？叙州无灞桥，折柳柳未栽。心无奈，江水无波生愁霭。

清平乐

　　一盏残茶，把西风消磨。百结愁肠怎生过，总是聚少离多。

　　遥看青天鸿雁，又结人字飞过。几时能磨慧剑，烦丝弃与山阿。

采桑子

负笈求学四面山[1]，青砖黑瓦，室陋灯残，琅琅书声伴少年。

韶华易逝春红残，时光荏苒，双鬓斑斑，梦里当年意绵绵。

注：

①吾故乡江安县四面山镇，20世纪八九十年代，江安第四中学即设于此，吾中学即在此度过。

点绛唇·与旦真甲兄弟茶饮庭中

兄弟相逢，几多情意淡茶中。一别经年，心中甚念侬。

今夕何夕，相逢夕阳红。不必说，几多情愫，留与晚来风。

附记：

余之藏族兄弟旦真甲自阿坝调宜宾任职，至宜即登门与吾相见。相携于小区中庭之露天茶座，欢谈竟日，归而意犹未尽，乃记之。

木兰花

　　一别经年君无声，尺素未见遥思卿。天涯飞霜谁问暖，孤鸿唳天可伤情。

　　远地人疏知音少，乡关念君有旧朋。若逢流水多留意，江河能传漂流瓶。

浣溪沙·女归家

冬夜忽报女归家，平明街市寻鱼虾，心肝宝贝掌上花。

家有儿女人前夸，贴身棉袄小毛丫。市井天伦乐无涯。

附记：

冬夜忽闻小女已放寒假将自苏州归，喜不自胜。吾本俗人，有此天伦之乐，足矣。

酒泉子

残阳如血，秋风归鸦暂歇。西厢院，人欲寐，灯未灭。

最是悲秋怨黄叶，再临枯叶贴。最愁人，雁阵长，漫天月。

天仙子·江安竹岛①

　　竹岛深处竹森森，道旁修竹最堪吟。菊花幽香漾芳林。清光远，夜风暗，但见明月落江心。

注：

①江安竹岛，在江安县境内长江边，以竹文化为载体，结合不同品种的竹子营造不同的空间感受、文化气氛，全岛栽植竹类植物400余种，是一座以竹生态、竹文化为主题的江中岛生态博览园。

画堂春

　　一枝素雅一枝娆，胭红粉白纷扰。春来万物皆欣欣，千里春意闹。

　　人生何寻烦恼，莫与岁月执拗。且随春风逐花去，她笑我笑。

赤枣子·内子弄琴

　　洗衣歌，麦芽糖。信手轻弹自悠扬。阳春时节晴方好，画眉知音绕房梁。

　　附记：

　　内子喜乐，常于家中弹钢琴以自娱。每逢其时，吾即于旁提示乐谱。闲情逸致，不亦乐乎。

采桑子

　　吾家有媳花木兰，远戍边关，遥望乡关，为国尽忠担危艰。

　　边塞遥遥万山残，风吹这边，霜落那边，高原深雪几多寒。

附记：

　　余家儿媳戍边已逾十载矣。欣慰其尽忠为国，亦忧其饮雪餐风。吾辈每享静好岁月之时，焉知有几多儿女却在边关爬冰卧雪，备尝苦辛。

折桂令·盼子归家

对闲庭独数落花，盼得儿郎，今夜归家。边塞路远，雪满高原，雾锁烟霞。

有子戍边心自夸，相思无奈看月华。遥思天涯，国门巍巍，朔风胡笳。

附记：

吾子曾于西藏戍边多年。每至休假归家之日，吾与其母坐立难安，数度窗外遥望。此种心情，非亲历者难以体会。

汪庆词稿

鬓云松令·宜宾

山如黛，塔飞莺，大江滔滔，风细柳亭亭。古
院新街，酒香一巷盈。

夜未央，画舟行。高楼何处，悠悠短笛横。一
夜春潮入故城，花羞月色，新绿染翠屏。

巫山一段云·江安安乐橙花岛①

　　云闲水空流，霞飞鸟自啾。安乐坝上橙花稠，香溢沙洲头。

　　枝前疏花女，堤上暮归牛，岛上人家楼上楼。闲适复悠游。

卜算子·江安城中

云戏雾中月，风弄江上舟。笙歌阵阵响高楼，水月近沙洲。

江城夜如昼，青山映碧流。华灯夜放花千树，清风城上游。

行香子·游江安红佛寺①见庙中景象

泥塑木雕，篆烟飞动。有道是，神界仙众。金刚怒目，大殿钟竦。任香客来，香客去，香客供。

经声悠长，梵音高诵。许心愿，寄望泥俑。红男绿女，比肩接踵。见时而跪，时而拜，时而拱。

注:

①江安红佛寺，坐落于江安城南之钟秀峰下。据史志记载，南宋时此地即建有佛寺，后因康熙年间土人于此垦地得红色石佛而供，故名。

采桑子

　　雨落平沙满地钉，又闻莺鸣，又闻蛙鸣，春来江畔丽人行。

　　枝头款款落蜻蜓，未到清明，却似清明，又闻坡头踏歌声。

临江仙

　　犹记当年去君家，长天一抹红霞。查真梁下饮奶茶，一袭新毡帐，几丛格桑花。

　　一路车行一路夸，白云青草飞鸦。莫道高原山路远，前车传消息，已经过麦洼①。

注：

①麦洼为阿坝州红原县辖乡。

213

鹊桥仙

　　檐下寻糜，叶底相嬉。未向黄鸡谋稻粱。饥时且向草间去，渴时但奔野荒池。

　　山谷啼鸣，林下低飞。绕行山径远鸢鸥。自度本是蓬间雀，不与凤凰争高枝。

酒泉子

　　梨花飞烟，雪片飞向谁边。莫不是，花有信，寄春天。

　　且喜与花结善缘，把群山看遍。将息处，绿篱边，倚花前。

采桑子

香粽熟时新麦黄，禾苗疯长，瓜苗疯长，小院人家过端阳。

五月来时日初长，干也无妨，看也无妨，且待秋来稻飘香。

雨中花·南溪

　　楼下春水楼上幡，风吹去，云舒云卷。潮起桃花泛，水秀山明，长江第一湾。

　　正是江南早莺还，东风里，草茵花漫。瀛洲生云烟，凫眠沙渚，鹤舞香炉滩①。

注：

①瀛洲、香炉滩，均为今宜宾市南溪区境内长江段上的地名。

南歌子

　　风挟香氛至，桃花带雨浓。绿杨堤上落英红。初荷新叶蓬蓬，舞春风。

　　燕飞茅屋脊，鸡鸣粉墙东。啼鸟几声溪岸丛，倦来柳荫瞑坐，日溶溶。

鹧鸪天·三亚

　　天连碧海水连天，海鸥掠翅如脱弦。碧水银滩沙无色，渔舟归来风满帆。

　　蜈支岛，亚龙湾，景致如歌乐忘返。海鲜烧烤黎家饭，夜夜笙歌不夜天。

鹧鸪天·呼伦贝尔

呼伦贝尔草色妍，白云清风意情牵。新毡帐里牧家乐，呼麦长调入云天。

奶酒醇，策格①鲜，豪兴牛饮仰头干。骏马长袍春风里，夜深还闻马头弦。

注：

①策格，蒙语，即酸马奶。

踏莎行·天堂河①

　　杜鹃如血，碧玉生烟，长堤隐隐翠云间。水波不兴镜中看，尽是青山雨后颜。

　　垂柳依依，芳草怡然，红砂小径更蜿蜒。春风殷勤善待客，又送花枝到眼前。

注：

　　①天堂河，位于江安县城东南，自西向东顺流而下汇入长江，是江安居民栖息游玩的"后花园"。

221

西江月·宜宾合江门①即景

　　三江清风徐来，萧寺暮鼓轻敲。白浪轻弄归渡桡，沙鸥相戏晚潮。

　　东山淡月初上，清江几轮琼瑶。江头何处笙歌起，惊得江心月摇。

注：

　　①宜宾合江门地处金沙江、岷江合流之处，至此始称"长江"。每逢月夜，由于三江水平面不同，因而出现天上一轮月、水中三轮月的景观。宜宾古八景中的"江楼夜月"即由此得名。

巫山一段云·江楼夜月

　　浪涌江心月，波涵平江秋。水底玉盘碎复圆，
霜鹤沙渚愁。

　　名城览胜景，双流漾金钭。闲客清风夜登楼，
凭栏听沙鸥。

城头月·合江门逢夹镜楼

　　檐牙高啄大江流，月映寒江秋。影中双璧，几番沉浮，波光挂城头。

　　金沙浪拍沙鸥啾，水月独含羞。双江秋涨，清流夹镜，江风夜登楼。

224

巫山一段云·宜宾游船赏三江

　　水映长天碧，云落一江清。画舫斩浪三江行，风光入画屏。

　　船傍画中游，人立风前凝。水满江河山川秀，春和景愈明。

点绛唇

几丝寒雨，挡不住迎君脚步。归帆何处，泊在柴家渡①。

当年去时，雪压沿江树。暗思量。今番归来，怕又留不住。

注：

①柴家渡，在江安县城南淯江河畔，为当地著名的古渡口。

226

青玉案

　　早鸦乱啼娇莺唤，一声急，一声缓，春在梨花风吹面。川南春暖，柳绿桃红，乍暖寒复返。

　　踏青归来人不倦，遥指青山画中看，梯田层层青波卷。薄雾轻烟，春阳灿灿，梁间绕紫燕。

河 传

春红，娇妍。柴门边，细雨微风紫燕。桃枝旁逸倚檐前。鲜艳。枝上娇莺喧。

羡煞山野农家闲，小院中，几树桃花盘。春睡起，倚墙垣。心闲，看花开花残。

醉落魄·巴中南龛①

云落风潜，翠碧江村一水涵。悠悠梵音出云庵，钟鸣磬响，老僧自喃喃。

苦海无边求渡帆，拈香礼佛案前占。悟空不舍留空岩，峭壁摩崖，千佛入南龛。

注：

①巴中南龛，位于四川省巴中市城南，以保存完好的摩崖造像而闻名。造像开创于隋唐，以佛像为主，现存完整佛像122龛1800余尊，是全国重点文物保护单位。

风入松

　　昨夜春雨湿阶前，残红草上妍。一声惊起堂前燕，轻呢喃，绕遍梁间。杨柳梢头莺语，红杏枝上蝶翩。

　　桃花十里花如颜，丽人花前闲。放眼春风独凭栏，香扑面，醉入心田。问君可有良策，长留东风盘桓。

卜算子·到中都①

　　云深苍山远，草茵山径长。水清溪浅风留香，中都菜花黄。

　　谷下红橙园，峰头白云乡。春来寒重风还彻，花雪舞陵冈。

注：

①中都为屏山县一乡镇，地处金沙江河谷地带，被称为中国油菜花最早开放的地方。每逢春来，山头飞雪，山下飞花，呈花雪同飞之景观。

哨遍·过屏山^①

天朗云低，空山鸟语，翠霭接云絮。云深处，莽莽若虎踞。

想当年，斯民何苦。贼寇起，强梁欺男霸女。剑戟刀枪凌汉彝，水火交相欺。兵匪轮回若梳篦，更兼雨雪风霜天灾顾。翘首苍天，春风何来，灾殃何去？

呀！一朝解放，屏山顷刻换天宇。枯木逢春雨。从此斯土陶煦。

士农工商学，心力同聚，众志成城蛟龙驭，高峡出平湖，风鹏正举。驱得穷神却步，赢得日丽风和山川舞，留碧水长烟长相驻。

凌龙华峰头而睹，一帘秀美如数。雨润滋春露。新城傍水而布，绿杨荫里，莺啼燕语。问青山绿水作何诉，清江东流勿相误。

注：

①屏山为宜宾市辖县，因县东有宝屏山，山如屏障而得名。处金沙江下游，面积约一千五百平方公里，彝汉杂居，向家坝水电站即在其境内。

秋波媚

座中谁人最开怀，笑语漾楼台。色舞眉飞，莺声燕语，乐从何来。

当年同窗少年孩，拜师同书斋。划桌分疆，暗传尺素，偷尝羹菜。

清平乐·致哈尔滨春杰老弟

又闻莺语，便知春如许。北国风寒雪未消，剪片春风赠予。

别后几番梦睹，总是雪裹桦树。欲把春天寄去，烦告君居何处。

临江仙

　　低头吟罢暗嗟呀，明月清风黄花，却道诗味实堪夸。一番妙手笔，写尽旧芳华。

　　搔头还看月西斜，落叶残灯寒鸦，勾起相思满纸画。说是思乡情，叫人思无涯。

武陵春

　　几番劳神君问我，吾何可言破。甘苦自知说与谁，怎生也须过。

　　百世人生有风雨，谁不受颠簸。心本无累且随缘，今日因，明日果。

小重山

　　黄叶秋风连宵雨，浪拍江上橹。布綖罟，待至窗白无所取。心忧沮，谁识渔家苦。

　　移舟泊沙渚，市中求稷黍，倾囊数。粗蔬淡饭飧妻母。愁复愁，明朝何充釜。

　　附记：

　　余少时，江上有以捕鱼为生者，四时出没于风波之中，以鱼换食，生计多艰。幸现因江河封禁已遗舟上岸，不复有饥寒之忧也。

一络索

　　燕子来时春浓，花月春风。踏青归来花正红，风淡淡，水淙淙。

　　新篁拔节林中，枝扫帘栊。稚儿逐蝶入花丛，枝摇摇，草葱葱。

菩萨蛮

春日高县谋公干，驱车又过石头关①。关前青草绿，山前苍树郁。

犬吠人声遥，深山闻鸥鹆。先人留遗刻，隐隐青岩壁。

注：

①石门关，在高县之石门山下，距高县县城约 3 公里。其关隘巨石中劈，横阻南北，为自秦以来宜宾通往云贵的第一关隘。有"西蜀天下险，此险复何有"之记载。

好事近

　　田畴轻雾漫，更兼柳绿花残。最是归乡心切，把旧山相看。

　　乡邻牵手意何欢，指点新家园。得意这番光景，日日似新年。

朝中措·佛来梨花

一夜东风吹梦醒，梨花独盈盈。雪压千山万岭，色若西天云影。

天雨流芳，丽人妆镜，且歌且行。淡然素颜不俏，却胜春来红杏。

点绛唇·院中贴梗海棠

几番风雨，犹自含苞梦未寤。小露红羽，不解东风语。

朔风寒苦，盼得春如许。君且恕，画眉闺中，妆成迎蝶去。

附记：

吾所居小区院里，几丛贴梗海棠，枝横叶尽，春来还似枯树。几番风雨之后，花蕾始上枝头，久久未开。

天仙子

　　清潭洌洌溪水长，浅丘龟列若阵行，春来花发后山梁。最想念，旧时光，故乡山水未曾忘。

南乡子

　　问君何事愁，东风不在风雨楼。心事已随流水去，羞羞。怅望云山懒梳头。

　　伊人千万里，烟波渺渺信难求，几番遥望南山路，啾啾。惟听鹧鸪几声唧。

海棠月

　　隆冬暮云低悬，搓手跺脚立檐前。长街寂寂，寒风里，一声长叹。尘雾中，老妪街头卖烟。

　　瑟瑟风中灯已残，高楼上，犹有笑语喧。穷家富户，两重天。谁在心酸。且归去，天外寒星繁繁。

245

鬟云松令

　　林下路，山下村，踏青过处，花红草茵茵。谁家春酒醉乡亲，羊肠道上，家家扶归人。

　　天朗朗，轻雾氤，田园道路，野花也缤纷。梦里春风人醺醺，耳畔犹闻，一声《菊花新》。

浣溪沙

　　花尽春意已阑珊，且将春日作春闲。橙花岛上享春眠。

　　一任春风萦耳边，心有所悟随口言。新词岂可奉旨填。

清平乐

　　春阳暖暖，高楼谁在弹。引得清风舞花前，枝横花影炫。

　　放眼窗外春池，裙裾装点斜风。谁家思春碧玉，窥影偷描口红。

秋千索·重九

　　宋武①觞宾策骅骝，魏文②念旧赠黄花。落帽龙山笑孟嘉③，重九佳话堪夸。

　　陶令喜饮白衣酒④，少陵醉卧兰陵家。登高极目青天外，看尽一天云霞。

注：

①宋武，指南宋武帝刘裕。

②魏文，指魏文帝曹丕。曾于九月九日赠菊钟繇，并附信云："谨奉一束，以助彭祖之术"。

③孟嘉，为晋朝征西大将桓温的参军。九月九日桓温游龙山，大宴宾僚。席间风吹孟嘉帽落，嘉无知。桓温令孙盛作文嘲之，嘉即时作答，四座嗟服。故事见《世说新语·识鉴》。

④白衣酒，《续晋阳秋》载：某年重九之日，晋江州刺史王弘令白衣人为陶潜送酒。

249

踏莎行

　　倚栏题笺，笔走龙蛇，写尽愁思竟因谁。秋风解得愁滋味，飘零黄叶自成堆。

　　山形依旧，飞鸿何依，吟罢纳兰清泪悲。斜阳古树秋风里，几声寒蛩乱鸦飞。

蝶恋花

　　云飞雾散天欲晴，春阳初照，且向瀛阁行。主人相见意殷勤，洞开阁门笑相迎。

　　落座求诗欲补屏，几度搜肠，方将诗稿呈。他年若有人相问，请君万勿言我名。

南乡子

　　诗稿作何留，付与儿孙补壁头。儿孙自有儿孙福，莫愁。江山代代有风流。

　　搔头苦吟讴，几度诗成泪难收。始解贾僧推敲苦，悔不？心随明月上高楼。

且随春风逐花去

（代跋）

　　第一次真正接触词，是在十岁左右。父亲教我读苏轼的《望江南·超然台作》："春未老，风细柳斜斜。试上超然台上望，半壕春水一城花。烟雨暗千家。　　寒食后，酒醒却咨嗟。休对故人思故国，且将新火试新茶。诗酒趁年华。"那时候不懂词，但因为浅显，所以也能懂得些意思。特别是"烟雨暗千家"那句，觉得与自己所在的家乡是一样的，简直就像是写的自家的风景，那味道实在是品之不尽。至于之前，还唱过诸如骆宾王的《咏鹅》之类的，只是当唱儿歌玩，应该不算是真正读古诗词。

　　稍长后开始读诗词，比如张先、晏殊、柳永、晏几道、秦观、李易安等，他们的词稿我都读过一些。与诗比起来，我总感词在表达情绪感知方面，似乎更胜一筹。词可以更传神，更细腻。比如晏殊的《破阵子》："燕子来时新社，梨花落后清明。池上碧苔三四点，叶底黄鹂一两声。"如果是诗，好像写到这儿就够了，但是词不一样，后面再来一句"日长飞絮轻"，哇，那个感觉，用四川话说就叫"不摆了"。这首词的下片也是如此，最后补一句"笑从双脸生"，好像是摄影师摇过一片风景，接着推出一个特写镜头，那种画面感一下子就出来了，非常传神。这大抵也是我喜欢读词的原因之一。

大约是在二十多岁读王观的《卜算子·送鲍浩然之浙东》，读到"才始送春归，又送君归去。若到江南赶上春，千万和春住"，不禁击节慨叹词人的表达之妙，一首可能凄凄切切的送别诗，竟然写得如此欢快，甚至还挟着一股调皮劲。这更增添了我读古词的兴趣。后来，朋友送我一本《纳兰词》，也读了，但是说实话不是特别喜欢。总感觉纳兰性德的词太凄婉，也充满了无助。可能是性格上的原因吧，我更愿意去读宋词，因为里面大多数作品，即便是伤春悲秋叹离别，也都哀而不伤，不至于让人感到那么的痛苦决绝。

自幼家贫。从儿时负笈而行奔波劳顿，到如今

254

终谋得相对安稳平静的生活。这一路上，有我父母的艰辛抚育，更有师长的教导和友朋的携扶，我很知足，很珍惜，更感恩。过了知天命之年后，我已然淡漠了许多曾经看重过的东西，但心的底处却似乎愈加敏感——有时因故友新知的一场偶聚，有时因夜深人静的一次独坐，有时因睡梦里慈父的回眸一瞥，我总抑制不住心中油然而生的欢欣或是哀伤。艾青先生有一句诗"为什么我的眼里常含泪水，因为我对这土地爱得深沉"。对家乡的爱，对亲人的爱，对友朋的爱，常常折磨着我迫切地想要抒发和表达，而填词，可能就是我最能够直抒胸臆的方式。

其实对于填词，我一直心存敬畏，从来不敢有半点轻薄。自知从专业的角度来看，我几乎是个门外汉。曾有喜文的挚友戏称我这种为古词的"票友"，我倒深以为然，甚至觉得也很荣光——票友嘛，虽然不一定上得了台面，但因喜欢，有时兴之所至，自娱自乐地哼哼几句不也挺尽兴的?! 尽管如此，也正因对古词由衷的喜爱，我深知勤能补拙，还是努力去学着阅读诸如《平水韵》《词林正韵》之类工具书。即便是浅尝辄止，终还是有所收

255

获，至少在平仄、韵脚方面有一些肤浅的体会。我所填的词，有时情绪所致为便于表情达意，往往大致关注了用韵，而对于平仄却没能顾得去严格遵循。这，也是要敬请方家指教并请朋友们包涵的。

我的这些词稿，大部分是写景的，因景而咏，临境而作。没想过一定要写出点什么高大上的东西。有些是写我家乡的——这可能是很多人的通病，不管千里万里，不管身在何地，对故乡总是有挥之不去的情结，我当然也是如此。宜宾是我生于斯长于斯的土地，我从心底热爱。特别是我的老家江安县阳春镇，江阴之地，谈不上多美，说不定在外人看来甚至很平淡，但那里却是我度过童年最难以忘怀的时光的地方。直到现在，家乡的很多山水野景，童年时很多乡邻玩伴，许多往事，总是在不经意间浮现在脑海里，出现在梦中。

还有一部分是写亲人友朋的。特别是父亲，于我总是有一种难以释怀的隐隐的痛。父亲离开我们已经十几年了，我还时常想起他。除了养育我，他还是我古典文学、书法的启蒙老师。我成年后曾学写过一些小散文，有时回家就挑几篇诵读给他听，他总露出很欣慰的神情，偶尔也和我讨论个别地方的遣词用句。当年我的文集出版后，他一直把我奉呈的书放在床头，时不时去摩挲翻看，说不尽的满足。这些情景总是让我难忘，让我感动。可惜父亲走得太早，在我有能力回报他的时候，他却不在了。我只愿把我对他的爱、对他的怀念，填成一首又一首稚拙的词敬献，我相信敬爱的父亲在天堂一定能读到！

至于我的妻子和孩子们，我的爱是无论用怎样的词语都不足以表达的。我珍惜家，祈盼家里人永远团圆安乐。在家里我努力成为好丈夫、好父亲、好爷爷，我也感受到亲人们深深的爱。因此在书写关于家人的词句时，我没有多少刻意为之的成分，信手为之尔。

有个说法叫"亲戚是父母给我的朋友，朋友是我自己寻找的亲戚"，我为今生能有这么些挚友而庆幸且心满意足，所以我情不自禁地写到了一些朋友——希望我的儿孙将来在看到这些文字的时候，还能为之一喜：哟，我们家还有这么几门好亲戚呢！

感谢亲人们和朋友们的鼓励，尤其要谢谢我的妻子和儿子，感谢挚友胡力君、邹永前君费心操

257

持，让我终能鼓起勇气整理出这些自娱自乐的文字示人，它们虽不精美但却饱含我的深情，当然更是我的心血——我敝帚自珍，愿把它敬奉给所有我爱的人和爱我的人。

我虽已近花甲，但余体尚健，犹思寄情于山水，采菊于东篱。"玉楼金阙慵归去，且插梅花醉洛阳。"也许是一种轮回吧，我生于山乡，也盼望着归于山乡，枕石漱流，吟风弄月，竹篱茅舍，月白风清——这正是我内心向往的境界！

汪　庆

时在辛丑牛年五月初五

汪庆：男，生于 1962 年冬，四川省江安县人。